Sentimentos com Poesia ou Poesia com Sentimentos?

Francisco Alberto da Motta Peixoto Giordani

Sentimentos com Poesia ou Poesia com Sentimentos?

LACIER

LACIER

Lacier Livraria e Editora
www.livrarialacier.com.br

Rua Doutor Quirino, 808 – Centro
CEP 13015-081 – Campinas, SP – Brasil

Fevereiro, 2024

Diretor: *Lacier José de Rezende*
Coordenação editorial: *Peter Fritz Strotbek*
Projeto de capa e diagramação: *The Best Page*

Ficha Catalográfica

Dados Internacionais de Catalogação na Publicação (CIP)
(Câmara Brasileira do Livro, SP, Brasil)

G497s Giordani, Francisco Alberto da Motta Peixoto.
Sentimentos com Poesia ou Poesia com Sentimentos / Francisco Alberto da Motta Peixoto Giordani. — 1. ed. — Campinas, SP : Lacier Editora, 2024.
94 p. ; 14 x 21 cm.

ISBN 978-65-88805-74-9

1. Poesias — Brasil. 2. Poesia — Sentimento. 3. Poesia romântica.
4. Amor — Poesia brasileira. I. Título.

CDU 821(81)

Índices para catálogo sistemático:

1. Amor — Poesia brasileira

Angela Schmidt da Rosa – Bibliotecária – CRB-14/1171

"Uma flor sempre reconhecerá
o jardim em que florejou."

Tenha cada vez mais certeza,
Que a adoro, tanto, mas tanto,
Que a vida sem você, para mim, não terá qualquer encanto,
Só uma cada vez maior tristeza

Nessa minha vida, apenas ao seu lado encontro felicidade
E o que fiz, o que faço aqui sozinho?
Espero por você, e esperarei sempre,
Adoro-a tanto que esse é e sempre será meu único caminho

Vivo por você, estar ao seu lado é a única senda
Que poderei trilhar, e nela a felicidade encontrar
Só você para alumiar a minha estrada
Na qual cada passo dado será para de você mais me aproximar

Esses versos, creio que você bem entenda,
São o meio que tenho para dizer-lhe do meu eterno amor por você
Amor esse que cada dia aumenta
E me faz ver o quanto preciso de você, a todo instante e para sempre!

Deixe-me dizer-lhe,
Da maneira mais sucinta possível
Que, as coisas que mais aprecio são:

Adorar você,
Tomar café da manhã e no meio da tarde com você,
Jantar com você;
Almoçar com você;
Estar de manhã, de tarde e de noite com você;

Viajar com você;
Conversar com você sobre tudo, profissão, pessoal, familiar etc;
Assistir filmes com você;
E tudo o mais que a vida pode oferecer, pois a minha vida é você!

Hoje, quando acordei e levantei,
Oh! Quanta alegria
O sol novamente enxerguei
O sol que há muito já não via

Vi o sol, e seus raios de luz me aqueceram
Lembrei que estive ontem com você
E todos os sentimentos de tristeza e amargura que sentia se foram
Você me faz ver e sentir que nesse mundo existe sim — e quanta — felicidade

Mas percebi também que a felicidade não está por aí, solta, em qualquer lugar
Para cada pessoa ela se encontra num lugar certo,
Para mim, não há dúvida, esse lugar é ao seu lado, de você bem perto,
Você, a quem tanto adoro, e por toda minha vida vou adorar

Como lhe disse, estou no ponto pronto
Podemos prosseguir juntos, e vivermos muito bem e felizes
Pode me aceitar, sem maiores apreensões
O sofrimento me fez enxergar melhor, e sem você sofri muito

Não quero mais sofrer, e muito menos fazê-la sofrer
Quero compartilhar meus dias e minha vida com você, e dar-lhe todo o meu amor
A você, definitivamente a razão do meu viver,
Tudo para mim, e tanto que você nem pode, ainda que por aproximação, supor

Você é a mulher da minha vida
Alumiando-a,
A vida para mim, sem você, é um peso, terrivelmente insuportável
Mas com você, um encanto, uma realidade única, uma alegria inigualável.

Meu coração, forte pulsa, não para manter
A vida no resto do meu corpo; este está inanimado, insensível,
Mas, sim, para manter viva a chama da minha adoração por você
Não, na verdade não é uma chama, é mais, muito mais, e como me faz sofrer!

    Não sendo uma chama, é uma enorme fogueira, que queima e como queima
    Tudo em mim, dolorosa, mas incessantemente,
    E como apenas meu coração resiste,
    Ofegante, em meio a tanta desolação, ele se prende a você, mais ainda

Pergunto-me, por que meu coração, como o resto em mim, não se entrega?
A resposta é tão simples que até me encabula
Porque minha adoração por você é algo que jamais morrerá,
Como fonte da minha existência, continua sendo a razão da minha vida

    Não veja no que estou dizendo
    Qualquer pedido; não, fique tranquila.
    O que lhe digo é ditado pelo meu coração, que, assim, procura
    Esquecer um pouco as altas labaredas que o consomem todo!

Como em mim resta apenas o meu coração, nele enjaulei minha adoração
Pois, solta, ela certamente me devoraria,
E o fogo à volta do meu coração, impede que ela saia
Por isso asseguro-lhe, palavra de um sem forças e queimado coração

Mas, não se preocupe, até porque,
Outra coisa não farei do que
Adorá-la "*de mim para mim*", o que não é pouco, antes, fortalecerá
Em muito, a minha adoração por você, e me ajudará

A conseguir não externá-la
Será algo meu, apenas, ... será como levá-la
A um castelo, cercado por um alto muro
E nele cuidar de minha veneração por você, a quem amo

Uma adoração voltada para dentro; discreta
mas nem por isso menos forte e inquebrantável
Nada a abalará, continuará, bela,
Ficará, ou melhor, permanecerá, inabalável!

Viveremos, para nós e em nós, minha adoração por você e eu,
Cuidarei — e para isso, o que a constitui é forte, e quanto!
Das pontes do castelo, para que baixem apenas para a passagem
De sentimentos que não possam magoá-la, nem um pouco.

A minha adoração sempre me acompanhará, segurança essa
Que me permitirá atravessar o orbe do sofrimento e da solidão
Certamente em mares revoltos, com terríveis tempestades e altas ondas,
Mas, suportarei e seguirei, sempre, sempre com você no coração!

Adorá-la será sempre o meu sentimento maior, e mais belo
A razão da minha vida é você
Não sei viver sem venerá-la, seja de perto, seja de longe,
Aliás, não há distância, para quem adora como eu lhe adoro!

Tenho que procurar viver sem você
Preciso mesmo?
O que é a vida, em resumo?
Vida assim, longe de quem se adora, o que é?

Para mim, a vida longe de você é a não-vida,
É o lado escuro e sombrio da existência.
É um sofrer eterno,
Angustiante, lancinante e doloroso!

Sua ausência: nada pode existir de pior
Talvez não devesse, para você, me expor assim
Mas, não há problema; quando se vive uma tristeza sem fim
Por uma mulher que se adora, o mínimo a fazer, é confessar esse amor

> Sem orgulho, acho absurdo pensar em orgulho para com quem se adora
> E com humildade, humildade essa que passa a ser um lenitivo
> Não para quem se venera,
> Mas para quem sofre com a distância, distância cruel e impiedosa

Digo-lhe pela enésima vez: sem você, só tristeza me rodeia
À noite, fria e sem vida, tendo como única companhia a insônia
Sua imagem, tão forte a trago em meu coração
Que às vezes parece que a vejo ao meu lado, que linda ilusão

> Bela enquanto vivo-a, mas que, no momento seguinte,
> Dramaticamente,
> Essa doce ilusão só faz aumentar o meu desespero,
> Pois, voltando à realidade, vejo-me, só, novamente.

Adoro-a com todas as forças do meu coração, de minha alma
Adoro-a como, nesse mundo, alguém jamais foi tão amada, sinceramente amada
Adoro-a acima de tudo: sinto-me prostrado e vencido, sem tê-la ao meu lado
Adoro-a, por mais paradoxal que pareça, mais e mais, a cada momento!

A vida, vivê-la sem você,
Tenho tentado, palavra!
Rosto oculto para o mundo, é assim que mantenho o meu
Alegria de viver, não tenho nenhuma!

Mantenho-me só com a sua lembrança
O silêncio me envolve, porque calou-me o coração a tristeza
Fico distante,
O que é, para mim, um ser já enfraquecido, uma hercúlea tarefa

Doravante, fechar-me-ei para o mundo
O sentido da existência já não mais o tenho
É assim como me sinto
Mas sempre com esse amor que jamais findará, passe o que passar de tempo!

Ainda que não possa mais trazer no olhar minha adoração
A trarei sempre em minha alma, no meu coração
Neles me refugiarei, e neles a adorarei, lá ninguém me poderá ver
Mas lá, nele, retirarei a força para me manter

Já tive ímpetos -que insanidade!- de desalojá-la do meu universo,
Mas percebi que, se assim fizer, expulsarei não você, despirei de beleza a vida
Desse mundo que, de belo, para mim, tem apenas você, minha eterna amada
E que, por isso mesmo, é indescritivelmente maravilhoso!

Confesso-lhe, enfim, viver, para mim, é viver para adorá-la
Ter olhos para mim, é para venerá-la
A vida só é vida com você, no coração e na alma!
E sob esse aspecto, estou repleto de vida!

Acerca de sua beleza, simplesmente a tenho como a mulher mais bonita do mundo
Aquela que, como também já lhe disse,
Toma de inveja as habitantes do Olimpo,
Que se sabem em larga medida superadas por você
E não só elas: não há uma sequer que se lhe compare!

Esse sim, é o verdadeiro retrato que faço de você, minha adorada
E tenho certeza que você sabe bem que estou falando com toda a sinceridade
Com o coração e com a alma
Coração e alma que só ao seu lado conhecem e sentem plena felicidade!

Sempre, pela vida toda a adorarei,
Só de pensar em você, sem você, é já escurecer meus dias,
Se isso, a outros olhos, é bom ou não, se é pouco ou não, não sei
Sei que adorá-la será sempre a minha razão de existir, e cada vez mais!

Enfim, amo-a incondicionalmente
Amo-a por que amo-a
E assim será eternamente
E acho ótimo isso, pois amo-a!

Ainda há pouco — foi incrível — a felicidade
Tomando uma forma humana e feminina, ou seja, corporificando-se
De minha pessoa se achegou, apresentou-se
E indagou, carinhosamente:

Você já recebeu a quota de felicidade que lhe cabe?
Sabe, minha Musa, como procedi?
Olhei para a felicidade e resolutamente respondi
Sim, Sra. Felicidade, já recebi, de verdade.

Diante do tom de voz que emprestei a minha resposta
A Sra. Felicidade, profunda conhecedora dos meandros da humana alma
Olhou-me com uma certa malícia, mas também com generosa cumplicidade
E perguntou, sem rodeios, objetivamente:

Se você já a recebeu, de verdade, como diz,
Por que esse rosto claramente transfigurado pela dor
O olhar triste, a denunciar que você traz no peito um grande e belo amor
E que, por causa dele, você não está nada feliz?

Falou-me, a Sra. Felicidade, com tamanha doçura e bondade
Que, confesso-lhe minha Vênus, desarmei-me por completo
E resolvi dizer-lhe, francamente,
De todo o meu sofrimento

Disse-lhe, então:
Sra. Felicidade, há uma mulher que adoro, tanto,
Adoro acima de tudo,
De todo coração!

Nem preciso dizer-lhe, minha Adorada,
Que falei com tanta aflição, com o coração tão consternado
Que se a sobre-humana dor tivesse uma voz, seria aquela, a minha
E isso não passou sem ser claramente notado

(...)

Novamente, com muita meiguice, a Sra. Felicidade quis saber:
Meu filho, se você adora tanto essa mulher
E vejo que sua adoração é tanta como jamais vi outra igual
Por que você não está com ela, tenho certeza que formariam o mais belo casal

Aí, minha eterna Musa, não consegui mais resistir
E toda aquela dor que vem me dilacerando o coração e que procurei conter
Explodiu: as lágrimas, em profusão, começaram pelo meu rosto escorrer
E eu, só consegui falar e depois repetir:

Sra. Felicidade, eu tento, faço o que posso, mas num minuto
Parece que tudo se perde, nem sei exatamente o que se passa
Depois me desespero, fico sem saber o que fazer, mas, por desgraça
Acabo sempre fazendo o que não devo e pioro tudo!

Tive a impressão, à certa altura, que a Sra. Felicidade quis me interromper
Mas, não consegui — com que franqueza lhe digo isso — conter o meu pranto!
E ela, sempre piedosa, resolveu, pacientemente, me dar um tempo
Já nem sei quanto tempo se passou, realmente não sei dizer.

Quando, a muito custo, as lágrimas consegui estancar
A Sra. Felicidade, comovida, sim, ela ficou sensibilizada com meu padecer
Disse, e como foi bom ouvi-la assim falar:
Meu filho, vejo o quanto você está triste, a sofrer.

Sempre me soube poderosa e capaz de o destino dos homens influenciar
Mas a sua adoração por sua Musa, vejo que é mais forte ainda!
Não me sentiria mais a Felicidade se não pudesse fazer nada
Por você, fazendo sua amada enxergar

Que todos tem fraquezas e defeitos,
Até eu, a Felicidade, que às vezes dou uma cota para os que não me merecem
E a outros,
Que mais fazem por merecer-me, dou-lhes pequena e insuficiente porcentagem

(...)

Não, meu filho, não se lamente mais, tenho uma boa nova para você
É que eu, a Felicidade, não costumo andar sozinha e decidir apenas por mim
Estou sempre com a Bondade — por acaso há felicidade sem bondade?
E ela, a Bondade, disse-me que percebeu em você uma adoração sem fim

Uma adoração que a impressionou vivamente,
Fazendo-a, disse-me ela, conversar comigo para ver o que podemos fazer
Para ajudá-lo, a você, que adora tão sinceramente
E a Bondade, meu filho, tem um poder de fazer o bem, que só vendo para crer

Falaremos, prosseguiu a Sra. Felicidade, com a sua boa Musa,
Dirigiremos nossa palavra aquele grande e belo coração,
Confie em nós, e, logicamente, na força da sua adoração,
Esse sentimento, repito, de tão forte e sincero, nos impressiona

Não me contive e perguntei:
Sra. Felicidade, posso mesmo esperar tamanha graça,
Ainda agora? Já estou esperando confiante e assim ficarei
A Sra. poderia mesmo ajudar-me? Diga-lhe que sinto deveras sua falta!

Nesse momento, vi aproximar-se um outro corpo feminino
Era a Sra. Bondade, que já chegou puxando a Sra. Felicidade, dizendo-lhe vem!
Não lhe dando tempo nem de me responder, e foram ambas se retirando
Mas o sorriso que apanhei naqueles rostos, ah! me fez tão bem...

O sofrimento e a dor amadurecem,
E fazem com que um homem
Enxergue bem melhor
E com isso vejo como é grande e fascinante o meu amor

Adoro-a com todas as minhas forças
Quero, preciso, pois, não me enxergo, de forma alguma,
Vivendo sem você, como, de resto, não conseguirei jamais
Para mim, a vida sem você não passa de um amontoado de dias

Todos sem significado, sem alegria, sem nada
Você, a razão da minha existência
Você, a quem quero dedicar minuto a minuto da minha vida
Levanto e me deito pensando em viver sempre com você, a cada dia

Acordado ou não, pois o coração não para, quando, apaixonados dormimos
Penso no que fazer para mostrar-lhe o quanto lhe quero
Se algo pretérito conspira contra meus sentimentos
Diferentemente se passa com o presente e o futuro

Não penso, garanto,
Em me separar de você por nada neste mundo
Não me deixe mais assim
Sem você, para mim, cada minuto é um terrível e doloroso fim

Minha adoração por você não é apenas poesia
É também, pois você e apenas você
Traz-me vida e amor nessa existência
Mas é muito mais do que isso, e você, bem sabe

Deixe seu coração ouvir o meu
Coração quando conversa não engana, se abre
E nossos corações conversando, o seu
Logo verá, que o meu só quer viver para você

Até as mais pequenas coisas que me acontecem
Gosto de contar para você, não ter você para trocar ideias,
Contar tudo o que ocorre, seja lá onde se passem
É horrível e me causa profundo martírio, quantas vezes, oh! Quantas.

A falta que sua presença me faz é enorme,
Mas, principalmente, o não estar podendo pessoalmente a você entregar
No dia a dia, todo o amor que trago no peito e que é só seu, me consome
Quero de você, carinhosa e respeitosamente cuidar — e muito amar

Amá-la para sempre, um dia após o outro, mas todos
Dividir com você os meus momentos, ou melhor, entregar-lhe os meus momentos
Fazê-la sentir-se bem e à vontade
Enfim, amando-a e respeitando-a por toda a eternidade!

Permita que a luz do sol volte a brilhar
Na janela do meu coração
E aqueça a minha alma, hoje congelada, em completa desolação
Só querendo, para mais ainda poder adorá-la, a seu lado ficar

Por que, por que não voltar?
Vou reproduzir nas linhas seguintes os versos de um grande poeta
Quem sabe, não conseguindo, sozinho, o seu coração, eles me ajudem a tocar
O poeta é o Mário Quintana:

> *"O futuro é uma espécie de Banco, ao qual*
> *Vamos remetendo, um por um, os cheques de*
> *Nossas esperanças. Ora! Não é possível que*
> *Todos os cheques sejam sem fundos"*

Para minha mais profunda tristeza, parece -oh! quão tolo fui- que não cuidei
Do meu talonário, na conta junto aos seus sentimentos, como deveria
E passei alguns cheques que voltaram sem fundo junto a você, eu sei
Mas, agora, que vários se foram, um cheque ainda tenho, e eu gostaria

Que você soubesse, tivesse a mais profunda certeza,
Que, sabendo-o, sentindo-o o último,
Estou preenchendo-o com muita segurança e firmeza
Não quero, não posso, deixá-lo sem fundo

Este último cheque a que me refiro
Contém o valor integral, total, da minha felicidade
Que depositei em você, você, a quem tanto adoro
E que, não canso de repetir, adorarei por toda a eternidade

Permita-me, pois, sacá-lo, rogando-lhe que o aceite e para mim volte
Não o devolva simplesmente
Nesse cheque está o que de mais precioso tenho e o de que mais preciso:
Minha adoração por você e viver ao seu lado, ah! Como de você necessito!

Como estou feliz, quanta alegria!
Não sei e não posso viver sem você
Você, razão da minha existência,
Você, minha fonte única de felicidade!

Normalmente, a inspiração para uma poesia
É a dor, o sofrimento,
Hoje, porém, minha inspiração é outra,
É outro o sentimento.

E como descrever esse sentimento?
Trata-se de um, que só de vê-la, acelera o coração,
Mas acalma a alma, numa tão harmoniosa combinação,
Que outro igual, não se lhe compara, sendo, pois, único!

Como não almocei, imagine a revolta do meu estômago, só menor do que a do meu coração, por não estar ao seu lado.

Minha eterna Musa,
Você é a estrela que me traz luz e felicidade.

Realmente, a cada dia que passa, mais eu adoro você, você que é o filme da minha vida, de maneira que, por mim, nem procuraria mais filmes na TV.

Sinto-me como se estivesse com o corpo atado a um tronco de madeira
E ao qual foi ateado fogo, cujas labaredas, impiedosamente me consomem
O tronco ao qual estou atado simboliza a adoração por você, que é eterna
As labaredas significam o meu sofrimento, por tanto adorá-la
É uma dor atroz, tanto que, sinto, vendo-me, todos os seres vivos se comovem

Talvez seja o delírio provocado pela sobre-humana dor,
Mas sinto, quando ouço, por exemplo, o canto de algum pássaro
Que ele, quer me dizer, a seu modo:
Não sofra tanto, por maior que seja esse seu amor
Esse amor que você carrega no peito.

Também um cachorro, quando me vê, vem brincar comigo,
Parece querer me distrair
E como que me diz: volte a viver meu amigo
Tento, é verdade, mas não consigo, não adianta insistir

Mesmo pelos olhos de um gato,
Quando vejo um par deles, consigo enxergar um bom e piedoso sentimento,
Também me dizendo: volte a viver, siga em frente,
A vida deve continuar: você, mesmo adorando, avante!

Nos lagos e rios, quando por algum passo, os peixes pulam
Como que para me mostrar que, ali, onde e como vivem, são,
A sua maneira, felizes, de modo que a minha veneração
Por você, não deveria me impedir de ser feliz. Ah! Mas eles não avaliam
O quanto adoro você! Não há quem possa avaliar, juro que não!

Até as pessoas com quem converso (isso mesmo: até as pessoas)
Parecem mais gentis e amigas
Concluo, então, que o meu padecer é tamanho
Que está em meu rosto claramente desenhado
Apenas a visão de uma indescritível dor pode provocar reações como essas!

(...)

Enfim: a intensidade e a sinceridade da minha adoração
E a dor que a sua ausência me traz e me marca
São tão grandes que ficam claramente perceptíveis, para todos, sem exceção,
Não tenho, nesse ponto, intimidade alguma: minha dor é pública!

Mas, isso, de forma alguma, me incomoda,
Antes, por mais paradoxal que possa parecer,
Me conforta,
E até me ajuda a viver.

Como? Por que?
Porque esses sucessos me dão uma rara sensação de tranquilidade,
A de que minha adoração por você é tão forte, bela e sincera
Que, ultrapassando as fronteiras do meu coração e da minha alma

É captada, sentida, por todos os seres vivos percebida
Tornando-a mais pura, bela e sincera ainda:
Só um amor tão dedicado assim vai além da pessoa e se torna transcendental,
Em tudo e por todos visto e sentido, reconhecido, pois, de maneira universal.

Ou seja, minha adoração por você, minha querida,
Existe e existirá para todo o sempre,
Vibrando em uníssono com o Universo, independentemente
Do que o presente me apresenta e do que o futuro me reserva!

Será, também, como já é, o meu refúgio,
A minha fortaleza, a minha fonte única de inspiração,
O meu lar, o meu abrigo, o meu tudo,
Vivo e viverei, eternamente, essa minha adoração!

Será, ainda, a minha confidente, a minha companhia inseparável,
E, embora me machucando, estará também sempre me amparando,
Quando a dor da ausência se tornar — o que muito acontece — insuportável
Ela mesma me auxiliará, a ir caminhando... você amando, adorando...

Minha adoração por você não arrefece,
Antes, aumenta, aumenta e ... aumenta novamente,
Quem adora uma mulher como eu adoro você, não esquece
Mas adora cada vez mais intensamente!

Uma vez lendo uma obra, a autora, em determinada passagem, disse que "*é difícil definir uma obra de arte, mas se sabe o que é uma obra de arte*", para mim, pode ser difícil definir o que seja adoração, mas sei que adoro você, e essa adoração, para mim, é a obra de arte mais bela deste mundo!

O escritor Paul Veyne, em um de seus escritos, observou que "*existe uma poesia do afastamento*", e existe mesmo, mas não há, asseguro-lhe, poesia que retrate, em toda a sua inteireza, a alegria que toma conta de todo o meu ser, por estar ao seu lado, é uma alegria tamanha, que nem o mais sensível dos poetas poderia descrevê-la em seus versos, por isso que nem tento fazê-lo, não teria mesmo como traduzi-la em palavras, mas, ainda que certo de não conseguir fazer com que perceba a intensidade da minha alegria, ainda assim, gostaria de realçar que você é e sempre será a minha Musa, a minha fonte de inspiração, a razão da minha vida

Meu mundo é você, a razão da minha vida é você, meus pensamentos são todos para você, minha Vênus eterna!

O poeta (Mario Quintana) disse:

"*A poesia é um fato consumado, não se discute*".

A minha adoração por você também é um fato consumado, que não se discute e será assim por toda a eternidade!

Já se disse que:

"*Só os fracos, os impotentes quedam na resignação; os enérgicos insurgem-se, lutam, dão combate à vida e vencem.*" (Henrique Coelho Neto)

Em sendo assim mesmo, enxerguemos as coisas sob essa perspectiva: não somos fracos e impotentes, de maneira que devemos lutar contra as adversidades que nos cercam, contra as armadilhas que colocam em nosso caminho, porque a nossa energia e determinação, nosso combate ao que está errado, nos fará vencedores.

Minha querida, tenha confiança
E também muito calma
Aquela baseada, ontem na esperança,
Hoje na certeza.

De que, juntos, caminharemos pela vida,
Estarei sempre do seu lado,
Para o que der e vier, minha amada,
Pois para nós, será o mesmo e sempre único o mundo!

Embora ainda não seja hora de embarcar, já me sinto nas alturas, tamanho o meu contentamento.

Que luta desproporcional, meu Senhor
As armas são, de meu lado uma adoração sem limites, um incomparável amor,
De outro, uma terrível ausência
Lógico que, assim, só posso ser derrotado, sem a menor clemência!

Procuro usar todas as estratégias que me conferem meu engenho e arte
Mas,...de nada adiantam
Longe de você, só infelicidade.
Sentimentos, os mais tristes no meu coração se incrustam

E de lá não saem, por mais que eu lute, e luto, luto muito
Estou sendo duramente golpeado
Pelo pior e mais cruel sentimento que pode existir nessa vida:
A dor da solidão, da ausência da Vênus adorada!

Desde que a conheci me sinto sempre "***o mais***":
Sem você **o mais** infeliz do planeta;
Com você **o mais** feliz do universo!

Adorá-la,
Adoro eu, e cada dia mais um tanto!
Achá-la encantadora e bela,
Acho (tenho certeza) eu, e quanto!

Admirá-la enquanto mulher e pessoa
Admiro eu, e muito!
Tê-la como uma mulher inteligente e culta,
Tenho eu, que noto isso a todo momento!

Reconhecê-la sempre, para com os que a rodeiam, cuidadosa e dedicada,
Reconheço eu, que vejo como você se desdobra em cuidados
Dizer-lhe, enfim, que você é a mulher da minha vida,
Digo eu, que com você e apenas com você, me sinto no melhor dos mundos!

Estou indo mas, claro, levo você comigo, no meu coração e na minh'alma.

Estar ao seu lado é algo mágico, pois faz com que me sinta, repentinamente, o mais feliz dos seres que habitam essa Terra!

É absolutamente o mais impressionante e o mais legal sentimento do mundo!

Você é tão linda,
Mas... não é só linda, você é também muito e insuperavelmente bela,
Mas..., não é só muito e insuperavelmente bela, você é também maravilhosa,
Mas..., não é só maravilhosa, você é e será sempre a minha eterna Musa!

Depois de muita dificuldade e tempo feio, cheguei enfim,
O que é muito bom para mim
Pois poderei vê-la (suprema alegria!) e dizer-lhe o quanto lhe adoro
E que você é o meu maior tesouro!

Sinto-me todo tomado de saudade
Por você, minha flor,
Meu mundo de felicidade,
Razão do meu viver, meu eterno amor!

Receba-me no lugar onde melhor me sinto e sempre mereço estar: no seu coração.

Minha adoração por você aumenta a cada instante,
A seu lado, sinto meu coração banhado por indescritível felicidade!
Não há o que nesse mundo se compare com o quanto lhe adoro!

Deixo meu coração ao seu lado, e sempre que pulsar, gostaria que você ouvisse, recebesse como uma declaração: a de que lhe amo muito!

Minha adoração, forte e inabalável, continua,
Forte, intensa como nunca,
Já minha vida está parada,
Sem você meus dias não são nada!

Adoro você acima de tudo,
Você é a flor que orna os meus dias,
Sem você, nada me alegra, fico absurdamente perdido, desolado,
Meus momentos são um somatório de aflições e angústias

Minha amada, minha doce amada,
Não me deixe assim,
Sem a sua companhia, para mim tão indispensável, tão cara,
A vida é horrível, intraduzivelmente ruim.

Se um amor pode servir como ponte,
Esse amor é o meu, e peço-lhe que a atravesse, deixando para trás,
De um lado da ponte, qualquer contrariedade,

E chegue ao outro, de coração aberto, para irmos, juntos, rumo a felicidade!
Você é minha amada, o que mais quero neste mundo, sem você,
sou alguém (ou ninguém) perdido, sem rumo, sem chance de felicidade!

Posso dizer-lhe?
Posso dizer-lhe que você é a Musa da minha vida
Minha eterna adorada,
Fonte maior da minha felicidade!

Posso dizer-lhe?
Posso dizer-lhe que meu maior desejo é fazê-la feliz
E contente ao meu lado, sem jamais se arrepender
Aliás, isso é o que mais quero, sempre quis.

Posso dizer-lhe?
Posso dizer-lhe para ficar tranquila
E absolutamente certa e confiante
De que viveremos para sempre uma vida bela e sossegada

Posso pedir-lhe?
Posso pedir-lhe para sermos um só ser,
Confiando um no outro e caminhando sempre juntos
Felizes, transbordando de amor, sempre, sempre muito unidos!

Posso pedir-lhe?
Posso pedir-lhe para que não se esqueça jamais
Que você é a minha vida, que eu a adoro demais
Apenas você dá sentido ao meu orbe.

Com você tenho e sempre terei forças para arrostar as adversidades, com certeza o "*Universo conspira em nosso favor*".

Acredite que só saber que estou com você já me torna o homem mais feliz do Universo, o qual, então, comovido com a sinceridade e a intensidade dessa adoração, se pôs ao nosso lado.

Todo minuto que passo ao seu lado,
É tempo de uma indescritível felicidade,
Me sinto maravilhosamente bem, feliz de verdade
Em realidade, sinto-me de alegria tomado

Minha adoração a cada minuto se renova,
A sua companhia faz com que me sinta revigorado,
No que depender de mim, nada me fará viver de você separado
Sempre com você, quero viver uma vida de alegria, completamente nova

Você é a fonte onde posso procurar vida,
Sem você não vivo,
Rogo que o tempo voe, quando não estou com você, minha querida
Adoro-a intensamente, com uma intensidade sem igual, nesse mundo

É incrível, mas eu já estou com o peito sufocado, o coração apertado, a alma agitadíssima, pela vontade de vê-la!

Parabéns pelo seu aniversário,
Embora o presente seja meu
Estar ao seu lado, me dá uma alegria que me leva ao delírio
E eu fico cada vez mais convicto que o meu coração é todo seu!

Desejo-lhe a maior felicidade do mundo, pois você merece
Agradeço a Deus por permitir-me estar com você nesse dia
E faço a minha mais sincera prece
Para que Ele lhe permita ser sempre feliz, com uma vida repleta de alegria!

Você está sempre tão bela, vê-la é sempre algo maravilhoso
Que me deixa sempre e cada vez mais encantado!

O momento talvez seja mais propício a um silencioso respeito.

Eu, que até então, me sentia no paraíso,
Fui parar no mais árido e inóspito deserto,
Atravessá-lo-ei, solitário, se é isso o que me resta fazer
Mas, e é aí que encontrarei forças para assim proceder

Sempre a levarei em meu coração,
Ainda que percorrendo caminhos bem diversos dos que sonhava,
O que não significa, ah, isso definitivamente não!
Que deixarei de adorá-la! Nunca!

Você sempre será, para mim, a pessoa mais maravilhosa
Que conheci, a mulher da minha vida!
Eis a minha verdade, a minha bússola
Esteja como e onde estiver, trarei você, no coração, querida!

Eis-me solitariamente "só", sem a Musa que amo tanto!
Sinto-me desorientado, sem perspectiva
Como igual jamais me senti, ah! vida minha, que golpe profundo!
Que peça resolveu me pregar, justo você, com quem tanto contava!

Por que? Por que?
Por que estou, sem minha amada, sozinho, aqui ?
Estou, como jamais me senti
Abatido ao extremo, me indagando, por que?

E para agravar mais minha situação,
Talvez irrefletidamente, ou não
Estou mais uma vez vendo o DVD
Do André Rieu

E recordo de um senhor, comovido com uma canção,
Sei até quantas lágrimas ele derrama, e derramo-as também, só de ver!
Acho que ele até já me reconhece, e me olha com um olhar de compreensão
Temos, certamente, cada qual, um difícil caminho a percorrer

Mas não é só esse DVD que me lembra minha amada, é lógico.
O ar, o sorriso em uma pessoa, a alegria em outra
Tudo a me traz à lembrança, melhor dizendo,
A vida me faz lembrá-la, pois ela é (sempre será) a minha vida!

Tenho certeza de que este caminho que tento atravessar
Jamais terá fim, e eu jamais o atravessarei
Pois ele representa a vida sem minha adorada, a vida que então terei
Vida de dor, sofrimento, e sem jamais deixar de a ela adorar

Adorá-la, o que, sei bem, será eternamente assim, nem tento superar,
Primeiro, porque, faça o que fizer, jamais deixarei de a adorar,
Depois, porque, se a vida, sem ela ao meu lado, já não faz sentido
E se não adorá-la, aí sim, mais rapidamente ficarei para sempre perdido!

Outro dia, ouvi uma música antiga, em que, numa passagem dizia:

"Já nem sei se gosto mais de mim ou de você",

Para mim, essa dúvida jamais existiria,
Tenho a mais absoluta certeza que gosto mais de você!

Ah! As músicas que estou ouvindo! Como me trazem sofrimento!
Ah! Como são dolorosos os meus dias! Você está todo tempo no meu pensamento!
Ah! Adoro-a, e adoro-a muito; entretanto, e paradoxalmente,
É essa adoração que me permitirá seguir em frente!

Minha adoração, é bela, e, bem sei,
Intensa ao infinito,
Nada jamais abrandará esse sentimento
Haverá de ser dele, então, que retirarei,
A força que preciso para prosseguir vivendo

Viverei para adorá-la, de perto ou de longe,
Inteiramente a você dedicarei a minha vida,
Dia após dia, jamais ocultarei, por nada,
A estrela (de 1ª grandeza) que ilumina meu coração: você!

Posso falar-lhe, pessoalmente, com o coração e com a alma, como, só de pensar em não estar com você, o mundo já se torna tenebroso e assustador?

Adormecido já estou
Mas sempre sonhando com você!

Pronto! Decidi não procurá-la mais! Mas não vou mesmo!
Apenas hoje, é lógico, mais do que hoje não conseguiria!

Pelo meu coração e estado d'alma, com relação às minhas reais condições de ficar com você e vivermos bem e felizes, afirmaria:

Um verdureiro: "*Está maduro*".

Um churrasqueiro: "*Está no ponto*".

Um advogado: "*Agora pode ficar. Já transitou em julgado*".

Um médico: "*Até agora ele está na UTI, vivendo por aparelho (o aparelho, no caso, é a esperança de voltar a ficar com você, que me mantém vivo), mas com esta medicação (que é a sua companhia) ele pode ter alta (ou seja, ser feliz)*".

Um padre: "*Que Deus os abençoe*".

Um jogador de futebol: "*Chuta que é gol!*".

Eu mesmo: "*Adoro você e não pretendo mais ficar, um minuto que seja, sem estar ao seu lado! Para vivermos juntos para sempre!*".

Eu mereço, por essa vida ou passadas, certamente que mereço
Não encontro outra explicação
Para tanto sofrimento
Que me dilacera o coração

Tenho feito de tudo para esquecê-la
(Ou quase tudo)
Mas não consigo e olhe que juro que tento
Entretanto, o meu destino, está claro, é o de adorá-la

Perambulo pela vida,
Meus dias, queira eu ou não, passo-os pensando em você
Por quê não consigo, malgrado meus esforços, mudá-los. Por quê?
E olhe que procuro fugir dessa dura realidade, com determinação, mas não dá!

Nem sei porque envio-lhe essa mensagem,
Ou, pensando melhor, acho que sei, verdadeiramente sei
Se não extravasar a dor que me consome, serei
Consumido por pensamentos que me destroem

E como você é a senhora desses pensamentos,
Em verdade, a senhora do meu coração
Não importa em que condição,
É a você que devo dá-los a conhecer, com ou sem receios

Daí esses versos, para não explodir, para extravasar,
Para que você saiba que ainda adoro você,
Como adorarei por toda vida, ainda que passe-a, toda, a lamentar
Não me importa, mesmo porque faltam-me forças para isso evitar!

Na sua foto, que está sob minha mesa, você sorri para mim.

A vida fica ironizando do meu intraduzível sofrimento, oferecendo-me às vistas versos como esse de Vinícios de Morais:

> "*Tomara que a tristeza te convença,*
> *Que a saudade não compensa,*
> *E que a ausência não dá paz*",

Ou este, de um poeta português, se não me equivoco, João de Deus:

> "*Nem te vejo por entre a gelosia,*
> *Nunca no teu olhar o meu repousa;*
> *Nunca te posso ver, e todavia*
> *Eu não vejo outra coisa!*"

Hércules, em seus trabalhos, não dispendeu mais e maior esforço do que o que me estrangula, me consome: separar-me de você! Uma tarefa que, sinto-o, com o coração, com a alma, está além das minhas forças!

O martírio continua, o sarcasmo dos acontecimentos se repetem; veja só o pensamento que chegou às minhas vistas:

"Democracia com fome,
Sem educação e saúde para a maioria,
É uma concha vazia"

É uma colocação do Nelson Mandela, logo, de caráter social, nada tendo a ver, num primeiro momento, com uma poesia, algo romântico.

Pois bem; ainda assim, associei esse pensamento a você, por mais absurdo que pareça! E ficou assim:

> "A vida, para mim, sem você,
> Sem seu encanto, sua beleza, sua presença,
> É uma concha vazia"

E essa vida vazia vou seguir, mas a concha, em verdade, vazia não ficará,
Pois nela guardarei a minha adoração eterna por você, deixá-la ei lá
Bem guardada, ninguém mais a verá
Mas, enquanto viver, cuidarei dela e nela você, para mim, sempre viverá!

Que faço, se, quando escuto uma música,
Seja estilo sertanejo, clássico ou mais romântico,
qualquer um enfim, meu coração me conduza,
A você, minha eterna Musa, sempre querida e adorada?

Que faço, se ao ver o sol brilhar
Lembro que você é a estrela mais linda da minha vida
E quando vem a noite, "escandalosamente" silenciosa
Sinto, muito, por ao seu lado não estar!

Que faço, se quando ando numa rua ou numa movimentada avenida,
Me sinto desoladoramente só, sinto sua falta,
Parece não haver ninguém à minha volta
E em cada passo, procuro encontrá-la!

Que faço, minha amada, se já não consigo dormir?
E, acordado, sonho com você.
Finalmente, quando consigo fechar os olhos, é para rir:
Sinto-me acordado, com você ao meu lado, de verdade!

Que faço, se meu coração sente, desesperadamente, a sua ausência?
Se a tristeza não me larga, se minha adoração por você nada abala?
Se não sei viver sem você, se não consigo enxergar no mundo,
Alguma razão de lutar por algo, longe de você, em nada encontro estímulo!

Gostaria que tivesse a mais plena certeza de que meu amor por você é a razão da minha vida! E hoje, embora eu soubesse, isso se confirmou com uma intensidade tão grande! E devo acrescentar: até o mais recôndito do meu ser sabe que jamais deixarei, um dia sequer, de amá-la. E quanto!

Que possamos prosseguir a vida sempre juntos, o que, para mim, significará viver a própria vida, pois, nem sei ou sinto qualquer sopro de vida sem você ao meu lado!

Estar ao seu lado: é o que mais desejo na minha vida!
Como já lhe disse, do seu lado ou não, minha vida é você
E foi isso também o que quis mostrar-lhe
Que a adoro acima de tudo, que você é tudo para mim, a luz que me guia!

E que não deixarei de adorá-la, em momento algum,
Aonde quer que eu vá, ou que eu esteja,
Meus pensamentos estarão em você, sem exceção alguma
E essa adoração, sinto, sei, jamais deixarei de senti-la, em momento nenhum!

Essa adoração é pura, incondicional, e vem do mais profundo do meu ser
Isso também, gostaria que você percebesse, e é o sentimento mais lindo
que carrego comigo, e me faz para você viver!
Você, minha eterna Musa, é, enfim, todo o meu mundo!

A declaração, então, que acompanha minha lembrança
É esta: adoro e adorarei sempre você, você que torna o meu mundo vivo
E, sempre, sempre e para além do sempre, trarei você, n'alma
Venerando-a, e sendo você o meu universo!

Mas... se você se dispuser a voltar comigo, nossa,
O mundo todo vibrará com a minha explosão de alegria
Todos os seres do planeta serão contagiados, a primavera
Será a estação eterna

A felicidade que sentirei, ah! Nem saberei descrevê-la
O universo reconhecerá em você, além da mulher mais bela
Que existe, o que já reconhece, também a mais adorada
E ele já pressente isso, você não escuta no ar o: deixe-o adorá-la?

Volte, volte, deixe-me sair do inverno
Que é a estação que entristece meu coração
Longe de você, quando tudo está sem vida, triste, só há desencanto
E permita-me reingressar na estação que aguardo, com tanta emoção!

(...)

Vamos viver uma única estação: a que acima referi
A primavera, tal qual a descrevi
Eu, adorando-a, confessadamente,
Com aprovação das forças da natureza, que sabem que isso se dará eternamente

E que sabem que nasci para adorá-la,
Que todo meu "eu" é seu, e sempre será
Que, amá-la
É tudo para o que meu "eu" viverá!

Será que você consegue relevar?
Fazendo findar o meu padecer
Eu, que só sei lhe adorar
E que não consigo longe de você viver!

Eu, que, atualmente, vivo apenas de doces lembranças
Da sua incomparável beleza, indescritível encanto
De todo e qualquer momento passado ao seu lado
E com minha adoração, a qual sempre me dá esperanças

De com você passar o resto da minha vida
Essas esperanças, são, no momento,
As que me sustentam e permitem suportar a sua falta
E que falta você me faz, nem sei como estou aguentando

Tanta dor, tanto sofrimento,
Só, repito, a esperança de voltar
A viver com você, e poder ao seu lado ficar
Me dá algum alento, algum sustento!

Não prolonguemos mais essa situação
Peço que me escute o seu coração
Voltemos, e entenda que tudo passa
Menos a dor que a sua ausência me causa

Supero tudo, adversidades, perfídias, falsas amizades
Só não venço a dor e o amor
Dor: da sua ausência; amor: que por você sinto, e esses
Sentimentos, longe de você, me estrangulam. Só vejo e sinto você ao meu redor

Paremos com isso, como já lhe disse,
Fiz o que podia para evitar você continuasse
Com essa ideia sem sentido, como não consegui demovê-la
Aguardei um pouco, sem deixar um segundo sequer de amá-la

(...)

As reservas de resistência que tinha não mais suportam,
Consumidas todas
E meu martírio já não resisto, impõe-me sofrimentos que me vergam
Está além do que posso aguentar: não há mais possíveis resistências

Qualquer veleidade que pudesse ter
De resistir ainda,
Posta a prova, demonstrará, permitindo ver
Não sei nem consigo viver, longe da minha amada!

Que espécie de homem sou? Decido-me não mais vê-la, em um dia, e no dia seguinte (ou no momento seguinte??!) volta tudo para trás, e como se fosse pego por uma forte enxurrada, sinto-me novamente arrastado a você, e não resisto em dizer-lhe que a amo deveras e que meu lugar é ao seu lado! Na verdade, um dilúvio de adoração!

Se quiser fazer as pazes comigo, mas não quiser começar uma conversa, fica combinado que quando chegar você dê uma piscadinha, que entenderei o sinal e puxarei conversa!

Meus olhos procuram você, mas não conseguem vê-la
O ar, sem você por perto, fica rarefeito e sufoca,
Minhas mãos procuram as suas, mas não podem pegá-las
Meu coração procura você, e sempre a enxerga!

Enquanto existir um sol a iluminar o nosso planeta, eu a adorarei, você banhará minha alma com sentimentos de adoração, esteja ou não com você, esteja eu onde e como estiver, enfim, de todo modo e para todo o sempre!

Vamos, de uma vez por todas,
Deixar lado o que em nada ajuda, e voltarmos
com alegria e de mãos dadas,
A falarmos novamente em nós!

Por que procuro-a tanto? Porque adoro você e sinto demais a sua falta! Conto, com muita fé, em voltarmos a viver juntos e sermos muito felizes! Dirá você talvez; o que mantém viva essa sua inabalável confiança? Minha adoração, o vazio enorme, abismal, que sua ausência provoca e, permita-me citar Leonardo Boff, em reforço, para quem:

"*O valor de uma vida se mede pela grandeza de seus sonhos e pelo empenho, contra ventos e tempestades, de realizá-los. E nada resiste à esperança teimosa e perseverante. A vida é sempre generosa. Aos que insistem e persistem ela acabará por dar-lhes a chance necessária para concretizar o sonho*".

Pelo que adoro você, que é não apenas meu sonho, mas a minha vida, ponho todo "*empenho*" em animá-la, e por isso enfrento "*contra ventos e tempestades*". Creio, firmemente, que a vida será generosa para comigo e compreendendo-me, sensibilizará seu coração, fazendo do hoje meu sonho, minha realidade certa de amanhã!

Seremos, sim, felizes, e eu a farei não só a Musa do meu coração, mas a Musa do meu dia a dia, do nosso dia a dia, ou seja, com a mais ampla e irrestrita tradução em atos e acontecimentos da vida, dos mais corriqueiros aos mais relevantes, a razão da minha existência e meu desejo em vê-la e fazê-la feliz!

Passa da meia-noite e meia,
Mas, a tristeza não me deixa,
Sinto, do mais profundo do meu ser
Do âmago do meu coração, que as coisas não devem assim permanecer

Meu lugar é junto de você,
E o seu, perto de mim
Não confunda adorar com não querer perder
Perder a gente perde e acabou, a minha adoração, porém, não tem fim!

Você continua sendo e sempre será
A mulher da minha vida,
A que meu coração sempre adorará!
O tempo urge, meu coração mais e mais se aperta....

Meu coração, tão duramente vergastado
Com as poucas forças que lhe sobram e antes que acabem
Vem dizer ao seu coração, que por você vivo
E que não sei e jamais serei capaz de viver sem você, meu maior bem

Abra o seu coração, deixe essas palavras irem até encontrá-lo,
Não se feche em copas, com tanta determinação e exatidão
As quais, em coisas do coração,
Não se ajustam bem, pois ele não funciona como operações matemáticas não!

A vocação,
do meu coração,
É a de adorá-la
A vida inteira!

A minha alma,
Da sua,
Sente falta,
E sem você se assusta!

Não se enxerga,
Fica perdida,
E te procura,
E grita, mesmo muda!

Volta,
Perdoa,
Supera,
Acredita!

Me deixa
Ser feliz,
E fazê-la
Também feliz!

Te amo!
Venero!
Quero!
Adoro!

Hoje,
Sempre,
Eternamente
Intensamente!

A vida, às vezes não sai como queremos,
Mas, nem por isso desistimos;
Tivemos contratempos,
Mas, como na vida, superá-los podemos

De minha parte, tenho certeza
Que tudo superei, para poder ficar com você, minha querida
Por você, a razão da minha vida,
Estou pronto para fazê-la e ser também feliz, minha eterna Musa!

A primeira vez que a vi,
Em meu coração foi plantada a semente
De uma adoração sem fim, para toda a eternidade
E que assim seria, posso afirmar que logo percebi

Depois, passando a conviver com você,
Essa semente virou uma bela árvore,
Tão linda, tão bela, e muito, muito resistente,
E resultou em momentos e acontecimentos lindos, que recordarei sempre

E com o tempo, não mais uma semente, nem só uma árvore, mas sim uma floresta,
Na qual encontrei tudo para ser feliz, tudo mesmo
E de tanto querer preservá-la,
Talvez, tenha exagerado em cuidados e, involuntariamente, acabei por contrariá-la

E por isso, você quer que eu desmate toda essa floresta,
Mas, não consigo, pois nela está minha vida,
Minha Musa eterna, minha adoração por você, que é infinita!
Não sei, jamais saberei viver, minha adorada,

Sem o ar, sem os frutos dessa floresta, por mais que você queira
Incendiá-la, queimá-la com palavras que fazem arder
Meu coração, de tanto sofrimento,
Isso pode provocar algum pequeno desmatamento,

Mas, pouco tempo depois, minha adoração cobre a área desmatada,
E lá está ela, a minha adoração, novamente, dando vida
Fazendo, de novo, com que a floresta se torne meu ar,
Minha fonte de existência, de alegria, de tanto a você adorar!

Essa floresta, de tão bela e frondosa,
Regada com tanto amor, tanta adoração,
Jamais secará ou será desmatada,
Por isso, volto a sua presença, para, com determinação,

(...)

Confessar-lhe que, sendo você a alma dessa floresta,
A que faz com que toda a vegetação, a flora possam vicejar
Mais firmes e belas, preciso de você, hoje, amanhã e sempre minha querida,
Você dá vida e cor à floresta da minha vida!

Sem você, a vegetação continuará lá, a floresta permanecerá,
Mas a sua vida, seu esplendor, murchará
Será uma vegetação apenas, e eu vegetarei somente,
Pois, sem você, a tristeza torna sem cor tudo a minha volta, dolorosamente!

Entretanto, com você, tenho certeza que saberei e cuidarei melhor
Da floresta, sabendo não afogar a minha adoração, mas, sim, regá-la
Para que floresça mais resistente, mais bela,
E jamais você se sentirá encharcada, será na medida devida meu amor!

Não vejo sentido em nada, longe de você, minha eterna paixão,
A vida torna-se apenas aquele antigo aparelho de tortura,
Esmagando-me não os ossos, mas o coração,
Sua ausência me sufoca

Faça com que seja simples,
O renovar de uma oportunidade
Para ver como pode mudar um semblante
E nele se retratar a mudança de um modo de viver

Será uma alegria indescritível para mim,
Voltar a viver com você, uma alegria sem fim
Que conto que se torne para nós, para o que funcionarei como um relógio suíço
Olhos como ponteiros sempre olhando para frente, com precisão, seguros

Só você traz sentido à minha vida,
Ânimo para prosseguir em frente, conquistar objetivos
Você, é meu universo, minha adorada tão adorada
Tome-se de coragem e vamos seguir juntos

Daqui para a frente e por todo o sempre, todo!
Esqueça, ou supere, todas as suas inquietações, e receba-me
Veja em mim alguém decidido
A viver bem e só feliz com a Vênus da sua vida: você! Eternamente você!

Posso pedir-lhe para que se imagine na praia (comigo será melhor, mas pode ser sozinha também), sentada, olhando a beleza do mar quando, de repente, uma onda e outra, bem altas, não lhe permitam ver o mar, mas você sabe que elas passarão e que ele está lá, e quando elas se forem, você o verá novamente, tranquilo, imenso, muito maior que as passageiras ondas.

E agora, bem consciente, posso pedir-lhe, com toda a adoração que sinto por você, e com toda a imensa vontade de voltar a viver do seu lado, que você veja, o que passamos como ondas altas, que nos molharam e provocaram algum atraso de felicidade, mas que morreram na terra sólida da praia em que as vimos, e que agora, aquele mar, tranquilo, imenso, calmo pode ser visto novamente, e em suas águas poderemos colocar o barco da nossa vida juntos, tendo como tripulantes, muita compreensão, cumplicidade e acima de tudo, muito amor! E de coração lhe digo, se me permitir, vou fazê-la feliz, bem feliz, que você merece e eu também, pois sua felicidade é a minha felicidade!